POÉSIES

PAR

A. CHARBONNIER,

Sociétaire de l'Union des Poètes, membre titulaire résidant de la Société
d'agriculture, commerce, sciences et arts de la Marne.

LES DEUX AGNEAUX & L'HÉRITAGE.
— VIRGILE. — L'ÉGOISME.

CHALONS-SUR-MARNE

H. LAURENT, IMPRIMEUR DE LA SOCIÉTÉ ACADÉMIQUE
—
1863.

POÉSIES

PAR

A. CHARBONNIER,

Sociétaire de l'Union des Poètes, membre titulaire résidant de la Société
d'agriculture, commerce, sciences et arts de la Marne.

LES DEUX AGNEAUX & L'HÉRITAGE.

— VIRGILE. — L'ÉGOISME.

Châlons-sur-Marne

H. LAURENT, IMPRIMEUR DE LA SOCIÉTÉ ACADÉMIQUE.

—

1863.
1862

DEUX AGNEAUX

ET L'HÉRITAGE.

APOLOGUE

Dans un des prés où la Marne promène
   Ses blondes eaux,
  Où le printemps vient border son domaine
   De verts roseaux,   [rappelle,
Lors des premiers beaux jours, quand tout aux champs
Le doux parfum des fleurs et des bourgeons naissants,
Les chansons des oiseaux, les arbres verdissants,
Deux bons agneaux en paix tondaient l'herbe nouvelle.
Dans le calme vallon, sur les versants ombreux
Où ses fils à l'envi bondissaient d'allégresse,
  L'œil mouillé de pleurs de tendresse,
  Leur mère demandait aux dieux
De la laisser longtemps présider à leurs jeux.
  Mais hélas! la Parque inflexible,
Envieuse des vœux offerts aux Immortels,

Tournait rapidement ses fuseaux éternels,
Et des jours fortunés de la mère paisible
      Promptement ses ciseaux cruels
      Ont tranché le fil invisible;
    Puis la brebis de l'avare Achéron
    Atteint la rive où l'attendait Caron,
    Triste, inquiète, et laissant pour hoirie,
    A ses enfants, la modeste prairie.

      Adieu les jeux : aux divertissements
      Succèdent de longs bêlements.
Agneaux les premiers jours, dans leur douleur amère,
Ensemble de pleurer le trépas de leur mère.
      Mais tout chagrin est éphémère :
      Déjà naissent les passions
Que vont suivre bientôt les contestations;
Car la mort trop souvent de débats est suivie;
      Ce sont des legs à dégager,
      Puis c'est un bien à partager.
Aussi l'avidité, l'intérêt et l'envie,
      Et l'amour brochant sur le tout,
De nos deux héritiers envahissent la vie,
Et s'en vont ruinant le pré par chaque bout.

      Chaque frère a son agnelette,
      Vive, peut-être un peu coquette,
Mais point méchante au fond, qui, d'un tacite accord,
Refuse d'accepter l'arbitrage du sort.
Nos deux époux aigris, du modeste héritage
Ne voulant consentir à nul juste partage,
Conviennent de remettre entre les mains d'autrui
      Leur querelle.

D'ordinaire en ce cas arrive la sequelle
Des vieux moutons galeux, promenant leur ennui
Sous une laine sale, étirée et visqueuse,
Qui, la corne en avant, toujours prêts aux combats,
Courent, pour épancher leur humeur belliqueuse,
Du tranquille troupeau troubler les doux ébats.
Si deux agneaux, pendus à quelque branche verte,
   Lüttent à qui pourra saisir
Chaque tremblante feuille, objet de son désir,
Ces querelleurs chagrins voient une lice ouverte
Où, laissant derrière eux quelqu'un sur le carreau,
Ils sauront s'arroger toujours quelque morceau.
Ne croyez pas, au moins, malgré la ressemblance,
Que je veuille ici faire une comparaison
Avec ces empressés dont la grande science
Est de vivre aux dépens de l'humaine toison;
Car ils ont, ces messieurs, l'oreille délicate,
Et je m'exposerais à quelque coup de patte :
   Or, il est temps pour en finir,
   A nos agneaux de revenir.

   Chacun contraint dans son ménage
A faire un sacrifice au démon familier,
Commence par fermer la porte du foyer
A l'autre prétendant au commun héritage.
  Un vieux mouton rôdait dans l'alentour :
   L'un l'appelle, à dîner l'invite,
Lui raconte son cas. L'autre frère à son tour
   D'un autre Robin parasite
   Fait choix. Or, les avis
   Devant nos frères ennemis
   De tous côtés de se produire.
   — « A votre place je ferais

» Ceci, dit l'un. » — « Si j'osais dire
» Mon avis, dit l'autre, les frais
» Ne m'arrêteraient pas pour forcer l'adversaire
» A céder le terrain.... et j'en fais mon affaire. »
   — « Voyons, dit le premier, prenons
» Des notes. » — Le second : « Avancez l'écritoire ;
  » Je vais commencer un mémoire
» Et demain j'entreprends un premier compulsoire,
» Et nous ne laisserons aucun échappatoire
  » Au défendeur ; *ergò*... nous le tenons. »

  Trois jours après on porte la dispute
Devant maître Guillot, le seul juge en ces lieux :
Chaque adversaire en vain bêlait à qui mieux mieux ;
  Guillot préludait sur la flûte ;
  Il fallut remettre à plus tard,
  Pour une prochaine audience
Un discours tout nouveau, chef-d'œuvre de science,
Que l'on préparerait avec beaucoup plus d'art.
Au pré, les jours suivants, nos orateurs arrivent,
Trouvent leur couvert mis, le repas préparé.
  Du matin au soir ils écrivent,
Et tondent tous les jours quelque morceau du pré.
Pour la deuxième fois voilà qu'on se présente
Devant maître Guillot, mais Guillot cette fois
S'endormit, et rêvant, de sa plus grosse voix :
« Qu'on les tonde, dit-il. » Tout saisis d'épouvante
  Nos deux agneaux, chacun de son côté,
Regagnent leur logis, portant l'oreille basse,
  Et maudissant leur sotte avidité,
  Seule cause de leur disgrâce.
Quant à nos orateurs, n'ayant plus rien à tondre
  Dans le vallon,

Ils ne revinrent plus désormais s'y morfondre
.   Et lui tournèrent le talon.

Les agneaux, on le sait, n'ont pas l'âme bien dure,
Et la haine en leurs cœurs jamais longtemps ne dure.
     . Les premiers temps on demeura chez soi.
Bientôt l'un fit un pas, l'autre aussi, puis, ma foi,
Se trouvant nez à nez un jour, chacun éclate
En sanglots, et présente à son frère la patte.
          Les brebis qui du coin de l'œil
          Ont suivi la scène, du seuil
          Accourent avec allégresse,
          Et de leurs marques de tendresse
     Scellent la paix. L'une essuyant ses yeux :
« Ce que le Ciel a fait il l'a fait pour le mieux,
» Dit-elle, dans l'oubli relèguons nos rancunes;
» Nous mettrons en commun nos modestes fortunes,
          » Le bonheur recommencera,
          » Et l'herbe aussi repoussera. »

J'approuve la brebis, le conseil était sage ;
Donné plus tôt, il eût profité davantage.

VIRGILE.

Près des murs désolés où la pauvre Crémône
Par le fer et la flamme a vu ses champs flétris,
      Sous de solitaires abris
Qu'avaient seuls épargnés les fureurs de Bellone,
Un pâtre surveillait ses troupeaux favoris ;
Et, bien que maudissant la destinée injuste
Qui sur ses compagnons déversait son courroux,
Il rendait grâce aux Dieux de ses loisirs si doux
      Qu'il devait aux bontés d'Auguste.
      Aux heures sereines du soir,
Tandis que ses chevreaux à la haie épineuse
Tondaient la ronce amère et le troène noir,
      Tranquille à l'ombre d'une yeuse
      Chaque jour il venait s'asseoir
      Et moduler des airs rustiques.
      Parfois ses vers reconnaissants
      Par de mélodieux accents
Célébraient tour-à-tour les Déités antiques
Et le jeune héros qu'on appelait César.
      Son chant à la fois triste et tendre
De ses lèvres coulait sans emphase et sans art,
Pareil au filet d'eau qui serpente au hazard
Parmi l'herbe des prés. Accourus pour l'entendre

Les bergers d'alentour oubliaient leurs pipeaux
Et laissaient à leurs chiens la garde des troupeaux.

    — « Bergers, vous désirez peut-être
    » Célébrer avec moi le maître
» Que les Dieux ont commis à nos destins nouveaux,
» Dit-il ; pour prix du chant et du hautbois champêtre
» Que déposerons-nous? Moi, j'offre deux chevreaux
» Qui broutent déjà seuls ici sur ces côteaux :
» Si deux vases par moi ciselés dans le hêtre
» Vous plaisent mieux, je puis les déposer pour prix.
» Vous ne répondez pas. Ah ! vous cherchez sans doute
» Quelqu'agneau que sa mère a perdu sur la route,
» Un mouton que peut-être un soldat vous a pris.
» Des soldats ! Dans nos champs on en voit tant descendre
» Depuis qu'en notre ville et le sang et la cendre
» Ont souillé les autels de nos Dieux familiers ! »

    — « Berger, répondent-ils, des parcs hospitaliers
» Renferment nos troupeaux que sauraient bien défendre
    » Nos chiens. Contre ses oppresseurs
» Si Crémône eût compté d'aussi sûrs défenseurs,
» De Crémône aujourd'hui nous ne verrions les restes
» Délaissés sans honneur. Mais dis-nous à ton tour,
» Qui tu peux être, toi, dont les pipeaux agrestes
» Rendent les doux accords qui charment ce séjour ?
    » Sans doute un favori d'Auguste ?
» Serais-tu le dieu Pan ? N'es-tu pas Apollon ?
» Nous voulons t'élever au fond de ce vallon
» Quelque rustique autel pour y placer ton buste,
» Que nous couronnerons, à chaque mois nouveau,
» Ou de fruits, ou de fleurs, ou d'un tendre rameau. »

— « Gardez-vous bien de rendre un culte sacrilége
» A qui n'est qu'un mortel, un berger comme vous.
» Enfants, j'ai pu d'Octave apaiser le courroux,
» Et depuis que sa main dans ces lieux me protége,
» Ma flûte a retrouvé ses accents les plus doux.
        » Je viens souvent dans ce lieu solitaire
        » Où nul berger ne mène ses troupeaux
        » Faire brouter mes chevreaux et leur mère.
» Je chante en les gardant, ou bien de mes pipeaux
» Je fais dire les airs aux champêtres échos.
» Bien peu savent mon nom dans ce rustique asile :
        « Je me nomme Virgile. »

Quelques saisons après, de l'éclat de ses vers,
Le pâtre, obéissant au souffle du Génie,
Vint charmer les Romains, et sa mâle harmonie
Fut des rives du Tibre emplir tout l'Univers.

L'ÉGOISME.

Ego præcipio tibi ut aperias manum
Fratri tuo... qui tecum versatur in terrâ.
DEUTER, ch. 15, v. 11.

Toi, dont le feu souvent m'inspire,
Modeste Muse, viens encor
Sous tes doigts légers de ma lyre
Faire vibrer les cordes d'or.
Nous avons chanté l'héroïsme
Et les vertus de l'amitié,
Viens, et flétrissons l'Egoïsme
D'un vers mordant et sans pitié.

Dans un langage poétique
Je ne pourrai traiter sans toi
Ce sujet tout philosophique
Dont l'âpreté fait mon effroi ;
Car l'inspiration s'efface,
Et l'on sent le cœur se fermer
Devant ce fantôme de glace
Qu'aucun feu ne peut ranimer.

Quand de la divine colère,
Satan voulut sur les humains
Tirer vengeance, sur la terre
Il ouvrit ses hideuses mains.
Et l'on vit, parmi tous les âges,
Soudain se répandre les maux,
Comme on voit du sein des orages
La grêle envahir nos hameaux.

Alors l'indigence affamée
Porte partout ses pas errants,
De la fortune, à main armée,
L'homicide s'ouvre les rangs.
Puis c'est la haine qui défie
Les plus nobles ambitions,
C'est la guerre qui sacrifie
Les jeunes générations.

C'est la traînante maladie,
La misère aux mornes regards;
C'est la famine et l'incendie,
La mort frappant de toutes parts.
Lorsque Satan sur ses victimes
Eût de nouveau porté les yeux,
Il vit que, malgré maux et crimes,
La vertu n'en régnait que mieux.

Du sein de ces luttes terribles
Sortaient de nobles passions,
Et les enfantements pénibles
De saintes émulations.
L'aspect d'une grande infortune
Provoquait aux grands dévouements,
La sympathie était commune
Où communs étaient les tourments.

L'enivrement de la victoire
Voilait les horreurs des combats,
Et les promesses de l'histoire
Consolaient l'heure du trépas.
Le ciel versait avec usure
Sur la souffrante humanité
Un baume pour toute blessure,
Contre tous maux la Charité.

Satan, voyant la race humaine
Contre ces fléaux s'allier,
Dans l'officine de sa haine
Aiguise un dard plus meurtrier.
Pour que l'assaut qu'il renouvèle
N'inspire à l'homme nul effroi,
Et que sa main ne se révèle,
Il lui jette l'*Amour de soi*.

L'*Amour de soi!* Vice immobile,
Qui ne fait le mal ni le bien,
Dont l'essence est d'être stérile,
Qui se traduit en un mot : rien !
Que l'égaré frappe à sa porte,
Que l'affamé manque de pain,
A sa tranquillité qu'importe !
Son toit l'abrite... il n'a pas faim.

Les vastes cieux dont la voussure
Brille de mille fleurs d'argent,
Le riant temple où la nature
Déroule son manteau changeant
Pour lui sont un muet symbole
Dont les charmes sont impuissants :
Il est lui-même son idole
Pour qui fume son vil encens.

Vainement le progrès l'invite,
En vain il dompte la vapeur ;
Quand le progrès passe, il l'évite,
Le coursier de feu lui fait peur.
Car vers l'horizon de la plaine
Quand le coursier fuit emporté,
Son souffle impétueux entraîne
L'égoïste Immobilité.

L'Egoïsme dans les familles,
C'est le ver au sein de la fleur,
C'est l'abandon des jeunes filles,
La séduction, le malheur.
C'est un bohémien qui laisse
Son enfant au bord d'un fossé,
C'est un glaçon que la vieillesse
Contre son cœur tient embrassé.

Qu'est l'Egoïsme dans le monde ?
Un vampire gorgé de sang
Qui savoure sa coupe immonde
Près d'un cadavre blémissant.
C'est un fleuve aux stériles rives,
C'est l'existence sans le jour,
C'est un festin moins les convives,
C'est la passion sans l'amour.

Enfin qu'est-ce que l'Egoïsme
Au milieu de l'humanité ?
C'est un stupide fétichisme
Ne soufflant que l'aridité.
Autour de son temple l'idole
Ne voit germer rien que l'oubli,
Et sur son autel l'homme immole
Son cœur impuissant, avili.

Rallumez-vous, ô pures flammes
De la céleste Charité ;
Venez réconforter les âmes
D'un siècle longtemps attristé.
De la publique conscience
C'est à vous d'éclairer les pas,
Car l'amour est une science
Que l'or seul ne dévoile pas.

Oui, de sa volonté féconde
La Charité comme la Foi
Peut aussi soulever le monde
Et le rassembler sous sa loi.
Mais pour opérer ce miracle
Faut-il qu'elle se charge d'or !
Non ; car pour vaincre tout obstacle
C'est au cœur qu'il faut un trésor.